ALFIE und der CLOWNFISCH

DAVINA BELL
und
ALLISON COLPOYS

Aus dem Englischen
von Salah Naoura

INSEL

Danke an Miriam für den Glauben an uns.
Dieses Buch ist auch für Iris, die noch viele
Faschingsumzüge vor sich hat.

Für all die Kinder,
die manchmal gerne mutiger wären.
Wenn es so weit ist, werdet ihr es sein.
Alles Liebe, Davina.
&
Für Sunday und Belle.
Alles Liebe, Tante Al.

Die Originalausgabe erschien 2015 unter dem Titel
The Underwater Fancy-Dress Parade bei Scribble, einem Imprint
von Scribe Publications, Brunswick und London.

Erste Auflage 2020

Aus dem Englischen von Salah Naoura.

Die Übersetzungsrechte wurden vermittelt
von der VeroK Agency, Barcelona.
Umschlaggestaltung: Rothfos & Gabler, Hamburg,
mit Motiven von Allison Colpoys.
Druck: optimal media
Printed in Germany
ISBN 978-3-458-17859-0

Einen Tag vor dem Unterwasser-Kostümfest
bekam Alfie dieses komische Gefühl.

Es war wie damals vor dem Wettlauf,
als er genau gewusst hatte,
dass er Letzter sein würde.

Und wie damals vor Antonias Dino-Party,
als er sich vor dem Topfschlagen fürchtete.

Kein gutes Gefühl.

Alfies Faschingskostüm war fertig.
Er hatte geübt, damit im Wohnzimmer herumzulaufen,
als wäre es die Aula.

»Toll siehst du aus, Alfie«, sagte Mama stolz.

»Du wirst der Star sein«, sagte Papa und grinste.

»Ich bin mutig«, sagte sich Alfie.
»Ich bin mutig genug, Käpten Seestern zu sein.«

Aber eigentlich stimmte es nicht.

Bei dem Wettlauf hatte Alfie nicht mitgemacht.
Er hatte sich unter seiner Decke versteckt.
Auch noch, als ihm zu warm wurde
und alles zu jucken anfing.

Auf dem Weg zu Antonias Dino-Party hatte er Mama
auf halber Strecke gebeten, umzudrehen und zurückzufahren.

Das Geschenk für Antonia hatte er versteckt.
Aber manchmal lugte es aus dem Versteck hervor.
Dann war Alfies komisches Gefühl sofort wieder da.

Vor dem Schlafengehen gab Mama Alfie
einen extradicken Gutenachtkuss auf die Stirn.

»Schlaf gut, Käpten Seestern«, sagte Papa
und schaltete das Nachtlicht an.

Aber Alfie schlief nicht gut.

In dieser Nacht träumte er,
und es waren keine schönen Träume.

Er träumte von einem wütenden Riesenkraken
mit einem winzig kleinen Hut auf dem Kopf.

Er träumte von einer zischenden Seeschlange,
einem stacheligen Kugelfisch und einer Luftblase,
aus der man nicht mehr herauskam.

Er träumte, dass er das ganze Meer
tragen musste, er ganz allein.

Alfie schlug die Augen auf und rollte sich zusammen wie eine kleine Kellerassel. Der Bauch tat ihm weh.

»Ich bin nicht mutig genug, um Käpten Seestern zu sein«, flüsterte er den Tapetencowboys zu.

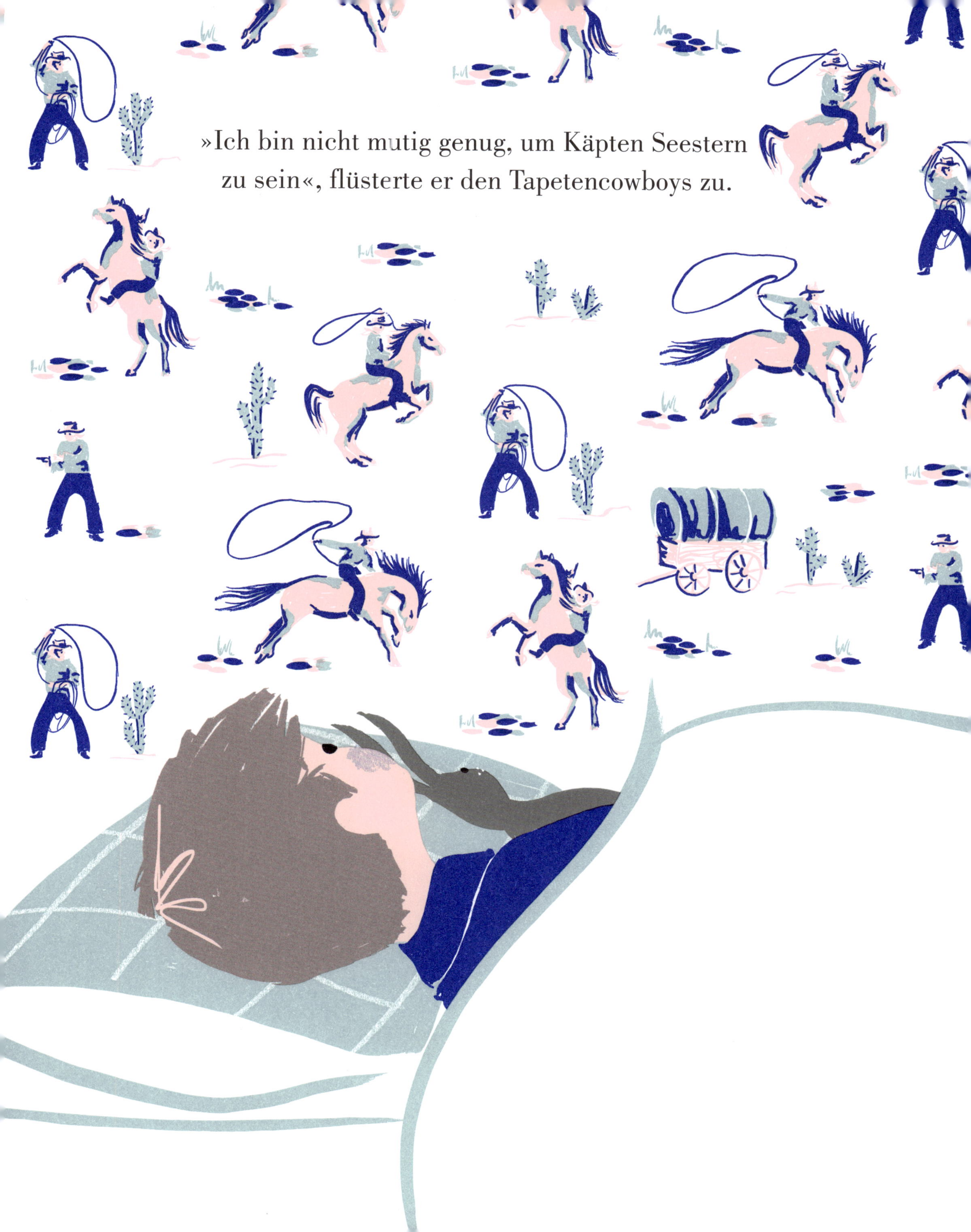

Mama kam herein und setzte sich aufs Bett.
»Ich kann nicht«, sagte Alfie.

Er blickte sie an.
»Sei bitte nicht böse.«

Aber Mama war nicht böse.

»Zieh dich an, Alfie«, sagte sie.
»Dann machen wir was Schönes.«

EIS

AQUARIUM

Im Aquarium war alles
schimmerig und schön.

Es gab einen Unterwassertunnel,
wo man auf einem Laufband stand.
Dort entdeckte Alfie …

… einen Seestern.

Er war blau und weiß und sah perfekt aus,
genau wie das Faschingskostüm.

Alfie ließ den Kopf hängen.
Das Meer um ihn herum fühlte sich so schwer an
wie die ganze Welt.

Da guckte unten am Meeresboden
ein kleiner Fisch zwischen den Korallen hervor.

Seine Flossen sahen aus
wie winzige Schmetterlinge, fand Alfie.

Der Fisch schwamm dicht an die Scheibe
und winkte! »Hallo«, flüsterte Alfie.

Dann verschwand der Fisch wieder
zwischen den Korallen.

Alfie guckte noch ganz lange,
doch der Fisch kam nicht zurück.

Auf der Rückfahrt dachte Alfie
die ganze Zeit an den orangefarbenen Fisch.

»Das war ein Clownfisch«, sagte Mama.

»Warum hat er sich versteckt?«

»Clownfische verstecken sich gerne«, erklärte Mama. »So sind sie eben.«

Das verstand Alfie.

Es war spät, als sie zu Hause ankamen.
Papa hatte schon das Badewasser eingelassen.

»Ich war heute doch nicht Käpten Seestern«,
berichtete ihm Alfie. »Macht aber nichts.«

»Stimmt«, sagte Papa.

»Vielleicht nächstes Jahr«, sagte Alfie.

»Nächstes Jahr gehe ich als Clownfisch«,
erzählte Alfie den Tapetencowboys.

Und davon träumte er
in dieser Nacht.